KB130896

청어詩人選 124

모두가
길손인 것을

정암 이은욱 제4시집

청어

모두가 길손인 것을

이은욱 지음

발행처 · 도서출판 청어
발행인 · 이영철
영 업 · 이동호
홍 보 · 최윤영
기 획 · 천성래 | 김흥순 | 이용희
편 집 · 방세화 | 이서윤
디자인 · 김바라 | 서경아
제작부장 · 공병한
인 쇄 · 두리터

등 록 · 1999년 5월 3일(제22-1541호)

1판 1쇄 인쇄 · 2014년 3월 5일
1판 1쇄 발행 · 2014년 3월 15일

주소 · 서울 서초구 효령로55길 45-8
대표전화 · 586-0477
팩시밀리 · 586-0478

홈페이지 · www.chungeobook.com
E-mail · ppi20@hanmail.net
ISBN · 979-11-85482-18-7 (03810)

모두가

길손인 것을

먼저
이 자리에 설 수 있도록
은총을 베풀어 주신 하느님께
깊이 감사드립니다.

제1집 『너는 참 행복하여라』
제2집 『천상에서 머물 수 있다면』
제3집 『사랑할 때 떠나라』를 출간 후,

인생 여정의 흔적을 모아
제4집 『모두가 길손인 것을』을 출간하며

지난 35년간 삶의 전쟁터에서
울음 운 시간들을 되돌아보니

내 삶에 꽃이 되어준
'참 좋은 만남' 과 **'참 좋은 인연'** 의
공명 속에서 삶의 진실을 깨닫게 해준
소중한 인연들이 있었기에
좀 더 선한 눈으로
세상을 바라볼 수 있었던 삶이었습니다.

이제는
자유로운 심신으로 돌아가
이내 쉼터에서 자연을 노래하며
나눔 사랑의 삶 속에서
참 자아를 찾는 생(生)을 살아가렵니다.

正巖 李殷旭

c·o·n·t·e·n·t·s

 시인의 말 _4

1 春

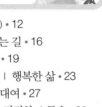

2 夏

3 秋

4 冬

5 일상

 모두가 길손인 것을

1

春

나는
슬픔의
눈물이어도

너는
기쁨의
웃음이어라

소중한 것은

소중한 것은
말하지 말고
가슴에 지니고 살며

귀중한 것은
보이지 말고
고와라 여기며 살자

삶의 터닝(turning)

너와 나의
입술에
불평을 없애자

불평은
희망도 무너트리고
좌절을 잉태하노니

목표 달성에
장애가 되면
뭐가 보탬이 될까

불평할
시간에
희망을 심으며

한걸음의
내딛음이면
삶의 터닝(turning)이다

춘가(春歌)

상풍한설이 가고
심신 녹여주는
바람이 불어오면

온 누리에
벌과 나비들이
화초(花草) 향에 취하고

하느님 사랑
백화초엽(百花草葉)들이
춘가를 부르네

염하(炎夏)의 하오
도시인들이
녹음방초(綠陰芳草)와
해풍 이는 바다로 가고

산객을 유혹하는
만산홍엽(滿山紅葉)의
가을이 되면
모두가 탄성이어도

동풍이 불어와
설화(雪花) 핀 산야를
혹한 채우는
아름다운 사계 속에

우리는 언제나
꿈과 희망을 노래하는
봄을 찬양한다네

선한 영혼이여

새털구름처럼
사르르
피어나는 그대의

청순(淸純)한
연심(戀心)이 눈부시구나!

제발 그대로
지금처럼
세상 것에 물들지 마라

차마 못 볼 일이면
외면하고
선한 것만 보아다오

청순(淸純)한
미소가 아름다운
선한 영혼이여!

월하향(月下香)

내 네가
그럴 줄 알았지

단 한 번의 유혹에
벌러덩 드러누워

하르르
하르르

황홀경에 빠져
화냥질이냐

에잇!
그럴 줄 알았다

임 찾아가는 길

그리움 찾아
나 홀로
떠나는 여행길이다

달리는 차창 밖
채 이른 봄볕이
잿빛으로 다가오고

이소라의 애절한
노랫소리에
볼 위로 흘리는 눈물은

슬프거나
서러워서
흘리는 눈물이 아니다

환희로운 얼굴
설레는 가슴에
애심을 채우고

장미꽃향기 담은
나만의
행복한 여행길이다

당신과 만남은

당신과 만남은
기쁨이며
소중한 인연이요

당신과 만남은
행운이며
성스런 축복이니

당신과 만남은
사랑이며
행복한 삶입니다

평화와 행복

고운 얼굴엔
미소가 있어
평화를 주고

고운 말씨엔
사랑이 있어
행복을 주네

삶의 사랑이

삶의 햇빛이
생의 희망이 되고

삶의 새싹이
생의 열매가 되며

삶의 향기가
생의 진실이 되고

삶의 사랑이
생의 행복을 찾는

그런
삶의 여정이 되자

하늘 놀이터

낮에는
구름과 바람이
해님을
불러 놀다가고

밤에는
별들과 바람이
달님을
불러 놀다가네

해맑은 삶

해맑은
세상엔
따스한
마음이 있고

해맑은
눈가엔
따스한
웃음이 있네

해맑은
만남엔
따스한
사랑이 있고

해맑은
생활엔
따스한
행복이 있네

훌륭한 리더

훌륭한 리더는
아랫사람을 보듬어도

미천한 리더는
아랫사람을 외면하네

행복한 삶

재물을 쌓아서
과욕을 채우고

배움을 높여서
명예를 얻으면
행복한 삶인가?

꿈과 희망의
사람을 낚으며

나눔 사랑의
자아를 찾으면

그런 삶이
행복한 삶이라

인연

만남의
인연은 소중함이요

떠남의
인연은 그리움이니

만날 때
좋은 인연을 맺고

떠날 때
슬픈 인연을 맺자

또 다른
여정의 만남을 위해

자아를 찾으면

자신의
일상에
선함을 다하고

해맑은
삶으로
자아를 찾으면

하늘을
우러러
대지를 향하여

미소를
발하니
행복한 삶이라

보시(布施)

나는
슬픔의
눈물이어도

너는
기쁨의
웃음이어라

그대여

그대여
오늘 하루가
정말 지루했나요?

그대여
오늘 하루가
정말 서러웠나요?

나는요
오늘 하루가
참 보람찼습니다

나는요
오늘 하루가
참 행복했습니다

너와 내가

天地 하늘과 땅 사이에
日月 해와 달이 있어

晝夜 낮과 밤을 꾸미는
東西 동과 서편에

山川 산천이 흐르고
雨雪 비와 눈 내리는 사계 속에

水火 물과 불씨로
男女 남자와 여자가 만나

愛別 사랑과 이별을 하며
陽陰 환희와 슬픔의

善惡 선하고 악한 마음으로
幸不 행복하고 불행한

生死 삶과 죽음을 부르는
有無 있음과 없음이니

너와 내가
소통하는 만남의 인연이면
참 좋은 만남이로다

관점

왠지
그대가 싫어서
미워하고

왠지
그대가 좋아서
사랑하니

그건
바라보는 관점
차이로다

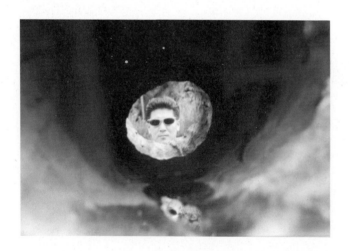

귀향

아주 잠시만
더디 그날을
맞이하게 해 주오

햇빛 찬란한
어느 봄날에
머—언 길 떠날 때

남겨질 그대
슬픈 눈물을
하염없이 흘려도

나는 가리니
둘이 절절한
사연 가슴에 묻고

심신 저미는
울음 멈추면
귀향의 길 떠나리

선하품

겨우내
허물이 된 흔적을
지우려는가?

선하품
몰려와 눈가에
연양(軟痒)을 주니

춘풍의
달콤한 자장가에
사르르 졸음이다

진정한 소통은

진정한 소통은
성별을
구분하지 않으며

참다운 소통은
직위로
차별하지 않아요

진정한 소통은
환경을
구분하지 않으며

참다운 소통은
외모로
차별하지 않아요

진정한 소통은
진심이
담겨져야 통하고

참다운 소통은
나누는
마음으로 통하죠

진실은

가식은
가면과 같아

마음을
알 수 없지만,

진실은
거울과 같아

마음을
알 수 있지요

SNS의 행복

나의 친척도
멀리 있으면
이웃만 못하다 했는데

나와 그대는
아주 멀리서
SNS 친구로 만났지요

그대 슬픔과
나의 아픔을
따스한 위로와 격려로

꿈과 희망을
주며 행복한
인생의 여정을 인도할

좋은 친구가
되어 마음을
나누니 행복한 삶이라

천지인(天地人)

하늘이
대지를 향해
빛을 발하고

대지는
하늘을 향해
향을 발하니

인간은
천지(天地)와 공명(共鳴)
하는 빛이라

한걸음

한걸음
앞서 간다고
우쭐거릴 것 하나 없고

한걸음
뒤에 간다고
시큰둥할 것 하나 없네

상자

우리는
희망과 행복을
채울 수 있는 상자와

좌절과 불행을
채울 수 있는 상자를
가지고 있습니다

어떠한 상자를
채울 것인가는 본인이
선택하지만

이 또한 마음대로
채울 수가 없으니
어찌하면 좋을까요?

연심(戀心)

내가 그대를
그리워하는 것처럼
사랑받고 싶다

그대가 나를
우러러보는 것같이
사랑주고 싶다

꿈꾸는 여정

내가 꿈꾸는
아름다운
삶의 여정처럼

네가 꿈꾸는
아름다운
삶의 여정이길

공명하는 도시에

지하철역에서
쪽잠을 자는 사람과

판잣집에서
칼잠을 자는 사람이

사글셋방에서
쭈그려 자는 사람과

자신의 집에서
편안히 자는 사람이

공명하는 도시에
새로운 꿈을 채우네

말 한마디에

내 임의
친절한 말 한마디에
미소가 있고

내 임의
따스한 말 한마디가
용기를 주며

내 임의
진솔한 말 한마디가
희망을 주니

내 임의
달콤한 말 한마디에
사랑을 하네

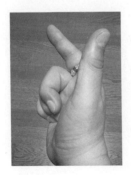

햇빛과 달빛

햇빛은
노동의 힘을 주고

달빛은
휴식의 짬을 주네

열애(熱愛)

동녘의
해오름을 바라보며
열정을 채우고

서녘의
석양빛을 바라보며
사랑을 나누네

참 행복이로다

시인(詩人)은
시를 엮어
세상을 이야기하고

악인(樂人)은
곡(曲)을 지어
세상을 노래 부르며,

화가(畵家)는
그림으로
세상을 화지에 담아

우리네 삶의
희로애락(喜怒哀樂)을 선물하니
참 행복이로다

자항(慈航)

과욕(過慾)과 탐욕을
버리고
심신(心身)이 편하면

미망(迷妄)의 사리를
벗어난
피안(彼岸)의 삶이라

공명(共鳴)의 터에서

봄, 여름, 가을, 겨울
사계의 변화와
함께할 준비가 있어야 하고

물, 불, 눈, 비, 바람
자연의 현상에
순응할 준비가 필요하며

유년, 소년, 청년, 중년, 노년
인생의 변모를
순응할 준비가 필요하고

가정, 학교, 사회, 정치, 종교
공명의 터에서
함께할 준비가 있어야 하네

말말말

말
말
말……

말이
들끓는 세상은

말로써 흥(興)하고
말로써 망(亡)하니

들어서
좋은 말과
기쁜 말,

희망을
주는 말을
합시다!

2
夏

아름다운
꽃이
사람이 될 수 없고,

아름다운
사람도
꽃이 될 수는 없다

소년과 노인

소년은
총명하지만
지혜롭지 못하며,

노인은
지혜로우나
총명하지 못하네

자연 앞에

자연 앞에
교만한 자세로
우쭐거리면 화를 부르고

자연 앞에
겸허한 자세로
순응한다면 얻음이 크다

하운(夏雲)의 흔적

그토록 못살게 굴던
증서(蒸暑)도 메기가 온다며
화들짝 줄행랑치자

세찬 비바람에 움찔한
먹구름이 사라지고
쨍한 정오의 가을 하늘에
옛 추억이 피어나네

소년 시절 소희(素姬)와 손잡고
수봉산 오를 때
맑은 하늘이 시샘하여
소낙비를 퍼부었지

흠뻑 젖은 생쥐 꼴로
헛웃음 지으며
서편 하늘 바라보는 순간

고와라 아름다운
오색 무지개가
소년의 흔적이었는데

오늘이 그날처럼
소년의 마음을 채우는
푸른 하늘이다

양면

진실이 담긴
미소는 화사하지만

가식이 담긴
미소는 어색하지요

적(敵)

아름다운
꽃이
사람이 될 수 없고,

아름다운
사람도
꽃이 될 수는 없다

해맑은 사람은

해맑은 사람은
해맑은 세상이 보이고
흐릿한 사람은
흐릿한 세상이 보이며

청명한 사람은
청명한 사람을 만나고
부정한 사람은
부정한 사람을 만나니

행복한 사람은
행복한 인생의 삶이며
불행한 사람은
불행한 인생의 삶이라

자화상(自畵像)

마음이 편하지
못한 사람의
얼굴엔 수심이 차고

육신이 편하지
못한 사람의
얼굴엔 주름이 깊네

울타리

사랑받고 자란
사람은
사랑할 줄 알지만

사랑받지 못한
사람은
사랑할 줄 모르니

그 사람을 보면
집안이
어떤지 알 수 있고

그 사람을 보면
인성이
어떤지 알 수 있네

벌과 꽃

벌은
욕정을 담은
남성이며,

꽃은
발정을 채운
여성이다

시의 주인은

시는
시인이 쓰지만

시의
주인은 독자다

작가의 영혼이

작가는 죽어서
작품을 남기고

작가의 영혼이
명작을 남기네

남과 여

남성은 간절히
여성을 원해도

여성은 신중히
남성을 원하네

출근길

오늘도
하행선을 달리는
밀물 차량엔
아리랑 곡이 흐르고

상행선을 달리는
썰물 차량엔
콰이강의 다리 곡이
흐르는 아침이다

관심의 차이

순수한 관심은
참 좋은
인연을 만들고

지나친 관심은
참 싫은
인연이 되겠죠

3

秋

만산홍엽이 채
지기 전에
떠나갈 몸이라 하여도

그대의
아름다운 흔적은
변하지 않으니

산사(山寺)의 뜨락

가인이 머물다간
산사(山寺)의 뜨락
순홍빛 스미는 계절

그리운 사람
보고픈 마음
내 임의 흔적인데

안개 숲처럼
미심한 마음
헤아리지 못하니

고즈넉한 산사의
풍경소리가
쓸쓸함을 채운다

내 떠나갈 날이

날이 갈수록
상념만 깊어지니

늘어나는 것은 한숨뿐이요
흘러내리는 건 눈물뿐이니

내 떠나갈 날이
지척이런가?

반백의 그림자

휘리-릭!
흘러간 세월의
흔적은 반백이요

노년의 하루는
고작 하여
서러움만 커지니

근심에 찬
눈가엔
이슬이 고이누나

내 영혼을

햇빛과 바람,
구름이 내 영혼을
눈뜨게 하고

어둠과 달빛,
별빛이 내 영혼을
잠들게 하네

영혼만은 살아있네

사람으로 태어나
인간의 사랑을 받고

사람으로 자라나
인간과 만남 속에서

사람들이 해함에
인간의 상처를 입고

사람들이 싫어져
인간을 떠나는 길에

육신이야 썩어도
영혼만은 살아있네

가을 사랑

해맑은 영혼의
고운 빛 옥산(玉山)이여!

만산홍엽이 채
지기 전에
떠나갈 몸이라 하여도

그대의
아름다운 흔적은
변하지 않으니

땅 위에 구르는
낙엽에도
서러움은 없어라

매서운 동풍이
불어와도
아니 눈물 흘려야 할

여명 빛 스미는
창가에
아른거리는 임이여!

순결의 빛으로

소음에 찬
잿빛 도시의 밤은
깊어 가는데

지쳐버린
영혼이 갈구하는
애심(愛心)의 창가에

순결의 빛으로
다가오는
아름다운 임이시여

그대 상처 난
영혼으로
이 가슴 채우리라

내 사랑 그대여

그대 음성이
들려오면
살포시 그리움 일어

선홍빛
뭉게구름처럼
피어나는 애심(愛心)의 꽃

아~아!
사랑의 시작인가
진정 이것이 사랑이라면

이 가을이
다 가기 전에
천년화(千年花)를 피우리라

이내 심신을
불사르는
내 사랑 그대여!

이탈의 꿈

형~!
거울 속에 비친
당신의 얼굴에

미소가 있어
화사한 마음인가

상처가 있어
침울한 마음인가

늦가을
스산한 바람에
깊어가는 아픔이여

이탈의 꿈
빈 행장에 담아
길 떠나는 몸

도시의 하오
횡단보도 앞에서
적색 신호등이

천 근 무게로
서성거리는 심신을
채근하여라

가을 이별

코스모스 꽃들이
희롱질하는 유혹 속에
석양 빛살 받아
우쭐한 억새풀아!

동풍이 불어오면
너의 아름다움도
갈바람처럼 사라질 흔적인데

하루 문을 여는
길 걸음이 천 근 무게로
휴식의 밤이 찾아와도
편히 쉬지 못하니

반 길 걸음 밖
노년의 아른거리는
허무한 세월에
하염없이 눈물만 흐르고

반복의 여명 빛은
안개 터널이라
해 지고 어둠이 차면

주검을 맞이할 잔혼이여

이 풍진 세상
지친 영혼이
편히 쉴 곳은 어디에

시인과 배우

시인은
연서(戀書)로
마음을 전하고

배우는
연기(演技)로
사랑을 표하네

시종(始終)

사랑의 시작은
밀물처럼 다가오고

사랑의 종말은
썰물처럼 떠나가네

기청(祈請)

그대 곁에
있을 때보다

그대 곁을
떠나간 뒤에

자꾸만
보고파지는

그런
사람이려오

함께 있어도

그대와
함께 있어도
헤어질 아쉬움에
사멸할 시간이
야속하고

그대와
함께 있어도
휘-리릭 다가오는
작별할 시간이
서러워라

귀향의 길

내 삶의
여정이 얼마던가
고작해야 100년

철없던
유년 시절은
휘-릭! 사라지고

쇠뿔 난
청춘의 생채기가
진한 흔적인데

혹한 삶의
전쟁터에서 울음 운
나날의 잔흔이

어둠에 찬
한숨으로 얼룩진
수빈은 반백이어라

이제라도
잔여의 불씨로

나눔 사랑을 산다면

머지않은 날
귀향길에
선한 미소 지으리라

여정(旅程)

다가오는
계절은
고운 꽃피우고

지나가는
계절은
세월을 머금네

다가오는
사람은
사랑을 남기고

떠나가는
사람은
미련을 남기네

황혼(黃昏)

산안개
물안개 피어나는
시골길을

그대와
손잡고 거닐었던
흔적인데

야속한
세월은 흘러가고
회한의 몸

골 깊은
피질타고 흐르는
눈물이어라

옛사랑

그대와 나의
인연이 얼마던가

알량한 마음에
섣부른 만남이 아닌데

서운한 당신의
희미한 잔영이 전부면

얄궂은 미련의
초라한 번민을 잊으려

그대와 나의
인연을 지우리라

좋은 만남도

우리 소중한
만남의 인연을
제발 잊어선 안돼요

아무리 좋은
인연이라도
지킬 수 있어야 해요

함께할 때는
소중함을 모른 채
떠나가면 후회를 하죠

그대와 나의
아름다운
인연이 무엇인가를……

귀천의 몸

천상으로
돌아가는 날에

내 수의는
주머니가 없으니

돈과 명예
무거운 짐 내려

가벼워지면
훨훨 날아가리라

노년의 하루

여명이 밝아오나 걸음이 천 근이요
태양이 중천인데 따스함이 없어라

오고가는 면면이 초면처럼 낯설고
노년의 한숨 소리에 하루가 저무니

세월의 무상함과 인생의 허무함이
희망찬 아침에도 잿빛 안개 숲이고

휴식의 저녁에는 촛불만 소실하니
이 풍진 세상 내 쉴 곳은 어디인가

만추(晩秋)

만산홍엽의 가을
황금 물결이
풍요로움에 차고

흐드러지게 핀
코스모스 꽃이
하롱하롱 유혹을 하는

꽃노을 석양빛이
못내 서러워
억새풀 흐느끼는

가을이 가기 전에
동풍이 불면
산천의 아름다움도

앙상한 흔적으로
추위에 떨다
하얀 잠을 자겠지

세월이 인생이

강물이 흘러가듯
세월이 흘러가고

바람이 스쳐가듯
인생이 스쳐가네

 • • • • • 모두가 길손인 것을

4

冬

살 에이는 동풍에
후들거리며
너를 등지게 한 것이

보송한 가슴
연홍빛 사라져 간
야속한 이별이다

너도바람꽃

응달에 피어난
한 송이
신선휘*를 보았네

너를 더듬고
보듬은 영혼이 하나 되어
헉한 숨 토할 때

살 에이는 동풍에
후들거리며
너를 등지게 한 것이

보송한 가슴
연홍빛 사라져 간
야속한 이별이다

신선휘: 너도바람꽃의 하나.

마령

지나간 세월
외로워
영롱한 자줏빛인가

머—언 그리움에
지쳐버린
서러운 흔적이여

하늘하늘
터질듯한 보랏빛으로
유혹하면

쉼 없이 솟구치는
이내 욕정을
더 이상 어찌하라고

눈부신 너를
바라보다가
허방에 빠지겠네

설화(雪話)·1

눈 내리는
영등포역 플랫폼에
어둠이 깊어도
그 사람은 오지 않고

상행선 막차의
부심한 승객들이 떠나고
대합실 바닥에 누워
칼잠을 부르며

담배 연기를 내뿜는
노숙인의 기침 소리가
하루 무게를 더하고

나뒹구는 소주병의
알코올 향이
마지막 희망조차
삼켜버린 참상(慘狀)이다

동풍에 할큄 당한
갈색분노(褐色憤怒)가
잔인하게 심장을 헤집어도

철저히 외면하는
인간들의 냉소(冷笑)보다
빨리 잠들 수만 있다면

설화(雪話)·2

새벽 3시경
동풍이 세찬 태백역에
노숙인은 없다

콧속을 파고드는
칼바람 마시며
산 오름의 시작인데

근심에 찬 달빛이
엉킨 산객들의
무거운 그림자를 지워도

한없이 이어지는
어둠속으로
천 근 무게의 길 걸음이다

헉한 숨 아찔하여
포기할까
사투하며 기진할 때

사락거리는
서리에 찬 눈썹 사이로

스며오는 여명 빛이여!

환희로운
이 순간을 위해
고행의 산 오름인가

겨울비

계절을 망각한
비가 내린다 하여
뭔 대수인가

요즘 세상에
부조화(不調和)란 것이
어디 이뿐이던가

이런 날이면
가슴 설레는
옛 추억이 생각나니

선술집에 앉아
가물거리는
첫사랑이나 담아볼까

아차! 한순간
야훼님을 잊은 죄로다
부디 용서하소서!

순간의 혼탁한
신심(信心)을 정안하는
겨울비 내리네

상처 난 영혼을

당신의
거룩하고 은혜로운
사랑으로

관용과 자비로
용서와 화해로
사랑을 나누게 하시고

고달픈 삶의
상처 난 영혼을
치유 받게 하소서

그 누가 있어

그 누가 있어
무엇을 찾으려는
길 걸음인가

그 누가 있어
무엇을 얻으려는
간구함인가

칼바람 부는 산하에
기진한 몸이
어둠에 쓰러져도

여지없이
솟아오르는 동녘의
붉은 태양이여!

어제의 빛과
오늘의 빛이
반점 다름이 없구나!

새벽까지 설쳐댄
길 걸음으로

헐떡거리는 심장

솟구치는 피로
갈구하던 임의 말씀을
밀봉하외다

피정의 숲

가슴에 담은
한 올 한 올
엉킨 매듭이 있어

그리운 당신
몸서리치게
보고 싶은 마음을

아는지 모르는지
문틈으로 스미는 동풍에
아린 가슴이어라

긴 세월 엉켜진
욕열의 매듭 풀 수 있는
내 사랑 그대여

이 마음 깊은 곳에
숨겨둔 애심을
더 이상 숨길 수 없는데

임의 눈빛 가려진
어두운 밤이 찾아오면

차라리 자유로울까

뜨거운 눈물을
흘릴 수 있는 피정의 숲
그곳이라면 좋겠다

현존할 때

오만한 완장과
알량한 양심이
진실을 외면하고

현존할 때와
떠났을 때가
확연히 다르건만

이조차 모르는
속물에게
상처를 입었으니

오욕(汚辱)에 찬
억색(臆塞)의 날들을
잠 못 이루어라

번뇌(煩惱)

신은
우리 인간에게
견딜 수 있을 만큼만
고통을 주신다고
하였습니다

허나
인간이 인간에게
견딜 수 없을 만큼의
고통을 주었다면
어찌합니까?

동야(冬夜)

속살 에이는
동풍이 불어오는
잔인한 동야(冬夜)

굶주려 초췌한
심신으로
사투하는 시간

잿빛 창가에
여명의 빛
간구하는 고행이여

오만이다

인간이
위대한 것으로
여기지만

그것은
우쭐한 인간의
오만이다

마네킹 삶

인간에
의해
만들어지고

인간을
위해
사용되지만

인간에
의해
버려지누나

일그러진 초상

원칙과
정도가 살아있고

참교육과
아름다운 예술문화가

공존하는
세상을 갈구하지만

원칙이
정도와 무너지고

참교육은
예술문화와 쓰러져

피폐된 우리의
일그러진 초상이다

인간의 늪 속에서

엄니 자궁에서
세상 여행길 나설 때

그 환희로움이
영원할 수 있다면

선(善)하고 아름다운
여정의 길을 가련마는

오염에 찬
인간의 늪 속에서

사랑 없는
악(惡)을 선택한 죄의

끝자락엔 아린
상처가 남긴 흔적이다

삶의 사계(四季)

봄은
소년인생(少年人生)이고

여름은
청년인생(靑年人生)이며

가을은
장년인생(壯年人生)이고

겨울은
노년인생(老年人生)이다

초상(肖像)

가정과 직장,
사회와 정치에

기본과 원칙이
무너진다면

그곳엔
무엇이
존재하겠는가

따로

나는
의견을 말하고
이견을 말해도

너는
불평으로 듣고
불만으로 듣나?

사랑과 미움은

사랑의
손길이 오가는 땅은
옥토가 되고

미움의
손길이 오가는 땅은
폐토가 되니

옥토에서 자란
초목은 건강하고

폐토에서 자란
초목은 병들어가듯

사랑받는 사람은
행복한 삶을 살아도

미움받는 사람은
불행한 삶을 사노라

청심과욕(淸心寡慾)

아무리 위대한
사람일지라도
자연 앞에 미물인데

탐욕에 찬
욕망이 세계를
정벌하려 나서지만

대자연 앞에
쓰러져
한 줄 흔적이 된다

애상(哀傷)

새봄에
희망을 품고
세상에 나온
연초록 잎이 자라나

여름에
땡볕의 하오
지친이 편안
휴식의 쉼터가 되고

가을에
선홍빛 고운
옷 갈아입고
만인을 유혹하여도

초겨울
매서운 강풍
견디지 못해
서럽게 지는 운명아

5
일상

재회의 약속 없이
떠나갈 임이어도
나 서러워하지 않으리

이내 여정 길에
잠시 머물다 갈
모두가 길손인 것을……

모두가 길손인 것을

이 세상을
머물다 가는 여정 길에
옷깃 스쳐 갈 인연으로

기별도 없이
바람처럼 왔다가
기약도 없이
구름처럼 떠나갈 임이시여!

만남이 있기에
이별도 있고
사랑이 있기에
슬픔도 있다 하지만

떠나시려거든
고운 정, 미운 정 차별 말고
다 이에 두고 가소

재회의 약속 없이
떠나갈 임이어도
나 서러워하지 않으리

이내 여정 길에
잠시 머물다 갈
모두가 길손인 것을……

천 근 무게의 꿈

오~ 그대여!
하루를 어떻게 보냈는가?

차가운 하루의
아쉬움은 진정 무엇이고

따스한 하루의
만족함은 진정 무엇인가?

그대의 초췌한
머뭇거림에 멍든 하루를

서러워하며 흘리는
눈물이 채 마르기 전에

천 근 무게의 꿈
깨우는 또 다른 하루여라

삶이 버거워

청초한 눈가에
슬픔 채우는
울컥한 설움이

고달픈
하루의 무게여라

삶이 버거워
너 지금
울고 싶은 거니

돌아가는 날

나 천상으로
돌아가는 날
훨훨 날아갈 수 있게

이내 흔적을
남기고 떠나야 할 곳
세상을 항하여

한껏 소리 높여
외치리라
"나는 참 행복했다!"고

너의 외침이

작은 몸으로
울부짖는
절규는 무엇이고

영혼마저 혼절할
몸부림의
고통은 무엇이며

처절한 외침은
진정으로
무엇을 말하는가

덜 채워진
모정(母情)의 그리움
채울 수 없어
갈구하는 부정(父情)이면

너의 외침이
한(恨) 되지 않도록
살풀이라도 할까?

너를 보지 못하고

지척에 있어도
그리운
너를 보지 못하고

지척에 둔
그리운
음성 듣지 못함은

너와 나의
게으름과
무관심이 아닌데

깔깔 웃음의
아장거리는 발걸음이
눈에 선하건만

천 근 무게의
발길 멈추고
온갖 상념에 차니

이것이 창살 없는
감옥이런가
가슴 저미는 아픔이여

엄마의 훈장

엄마의
젖무덤이 날
성장케 하시고

엄마의
음성이 나를
말하게 하시며

엄마의
숨결이 나의
삶을 인도하네

반 울음 눈빛으로

아버지!
이제는 머-언 곳에
머물러 계신 임이여

당신의 체취와
아련한
흔적이 지워질까봐

지척에 모셔둔
영정사진
바라볼 때마다

언제나
반 울음 눈빛으로
바라보시는 아버지시여!

철없이 불효한
자식의 삶 걱정하시는
부심(父心)인가요

어느새
당신에게 다가선

이내 모습에

고즈넉한
석양빛 바라보며
흘리는 눈물입니다

외면의 잠을 청하는가

세상 문인들이여!
반점 양심으로
외면의 잠을 청하는가

산 좋고 물 맑은
삼천리강산 살기 좋은 우리나라
그 말이 엊그제인데

자고 나면 들려오는 건
쿵! 쾅! 펑!
심장 터질듯한 뉴스뿐

고갈된 민심에
떠나고 싶은 나라가 되어
사선 넘나드는 독설이 난무해도

우직스런 청기와 집은
만민의 고통을 강 건너 불이라 여기니
장차 이 나라는 어디로 갈거나

희귀바이러스 침탈로
신음하는 민초들의

소리가 아니 들리는지

참교육이 무너진
인성 없는 자(者)에게
정문일침(頂門一鍼)도 소용이 없어

강횡(强橫)한 재벌 앞에
천명(闡明)할 수 없는
하청업체가 파산에 빠지고

살생(殺生)의 칼바람에
정의가 죽은
유전무죄가 판치는 세상

도덕심이 사라져
탐욕에 찬
흉포한 범죄가 횡횡하니

사욕에 찬 위정자(爲政者)들이
부패의 탑만 쌓으면
민초의 아픔을 누가 치유하라고

신이시여!
이 참혹한 땅을
끝내 외면하시렵니까?

잠자는 문인들이여!
문도(文道)를 알면
어서 빨리 일어나 외쳐라

소리치다 각혈하며
쓰러지는 순간까지
한껏 소리 높여 외쳐라

광명 잃은 참혹한 이 땅을
당신들이 아니면
그 누가 있어 지켜줄 텐가

세 치 혀 놀림이

세 치 혀 놀림에
웃음이 있고
눈물도 있습니다

세 치 혀 놀림에
사랑도 하고
이별을 하게 됩니다

세 치 혀 놀림에
사람이 죽고
사람을 살게 합니다

세 치 혀 놀림이
이리도 무서운데……

쓰러진 인생

군상(群像)이여!
너의 마지막
양심은 살아 있는가?

모두가 하나같이
진실은 사라지고
거짓과 위선이 춤추고 있다

그대의 눈동자는
선(善)과 악(惡)을 알지 못하는
속물이 되어가니

청순한 마음도
덕(德)을 베풀지 않는
추악함으로 타락하여

참다운 사랑은
미움에 찬
증오의 탑(塔)이 되어

아련한 빛의
유심(唯心)은

절뚝이는 흔적으로 남아

응어리진 마음의
진실마저
처절하게 무너진

아귀다툼의 전쟁터에서
소객(騷客)이 린치를 당할 때
피식거리던 군상들아

너희가 만들어 낸
흉상(凶狀)이
그리도 자랑스러운가

아니려거든 왜
멈추지 않고
더욱 가혹해져만 가나

잔인하게 짓밟힌
이 아픔을
너희는 아는가?

지천명의 눈물

남자로 태어나
세상을 살다보니
소리쳐 울지도 못하고

숨죽여 살아온
삶의 흔적은
반백의 수빈이어라

선한 심신으로
살자 하고 선한 눈으로
세상을 보았으나

오염된 인의 숲에서
선자(善者)들은 죽어가고
악자(惡者)들이 득실거리니

성경과 불경의
거룩함을
더럽힌 광란자들아

사독(邪毒)에 찬
감언이설(甘言利說)로

백민 가슴에 상처를 준

너의 오금은
아니 저리고
심신이 편하던가?

선남(善男)과 선녀(善女)

선한 여성은
남성에게
사랑을 심어주고

선한 남성은
여성에게
사랑을 먹여주네

광야의 삶

하루하루를
덜어내는
헐어진 세월 속에

상처 난 영혼의
피질마다
뒤틀린 흔적으로

수분을 태우는
청춘이여
네 쉴 곳은 어디?

산 자는 살더라

이런저런
사연으로 먼 길 떠난
망자 앞에서

아이고 아이고
대성통곡하며
흘리는 눈물이어도

제 서러움에
흘리는
허실한 눈물이어라

히득히득
간간이 웃음을 채워
할 말은 다하고

"먹어야 해
너라도 기운 차려야지"
허기진 배 채우니

"이보소!
길 떠난 불쌍한 이여~!"
산 자는 살더라

구중심처(九重深處)

천년장송(千年長松)의
덕지덕지
더덕더덕한 솔보굿은

긴긴 세월
안위와 청명함을
지키려는 피막인데,

개혁군주의
열망을 꽃피워야 할
정승들은

만민(萬民)의
염원마저 허물어 낼
대실소망(大失所望)인가

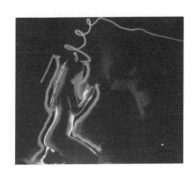

황량몽(黃粱夢)

갑을(甲乙)의 삶이
고작 백 년을 살다 갈
황량몽(黃粱夢)인데

뭐가 그리도
언짢아
바오라기로 옥죄이며

자고 나면
안달복달
쉼 없이 다툼인가요

북한산 암벽에
매달린
소나무를 보시구려

문질빈빈(文質彬彬)의
자태로 긴 세월
견뎌온 위상을 보면

부끄러운 마음인데
언제쯤이나
평화의 깃발이 춤출까?

사나이 눈물

세상의 무거운 짐을 홀로 지고
고달픈 인생길을 허덕이면서
슬픔과 괴로움을 견뎌야 하는
사나이 마음을 그대는 아시나요

인생의 가시밭길을 걸어가며
비바람 불어오는 날이 오면
그 속을 거닐며 울어야 하는
사나이 마음을 당신은 아시나요

삶의 여정 길에

뜻깊은 날이면
늘 생각나는
사람이 있습니다

그 사람을
생각하면 언제나
어디서나 기쁨입니다

바람처럼 왔다가
이슬처럼 사라져갈
우리네 인생인데

삶의 여정 길에
수많은 사연과
흔적으로 남아있는

이내 가슴속에
당신이 있어
나는 참 행복합니다

석별(惜別)

바람이 불어와 구름을 떠밀고
구름이 흩어져 대지를 적시니
메마른 산야에 새싹이 솟아나
초목이 자라서 고와라 꽃피네

녹음이 우거진 푸르른 숲속에
산새와 동물의 해맑은 노래가
과욕을 버리고 선하게 살고픈
간절한 마음을 채우지 못하네

해뜨는 동녘과 해지는 서녘의
반복된 사계가 노년을 부르니
미진한 면면의 서러운 마음에
회한의 눈물로 석별을 고하네

내 사랑 그대여

내 사랑 그대여
고마워요 정말 고마워!

내가 할 수 있는 말은
오직 이 말뿐이죠

하늘이 맺어준
인연으로 부부가 되어

30년 긴 세월을 함께
살아온 흔적들이

삶의 희로애락(喜怒哀樂)으로
가슴 절절한 마음입니다

임이 베풀어 준
큰 사랑이 영원하도록

그대 삶에
웃음꽃 피워 주리다

나눔 사랑을 실천하는 삶이
행복한 삶입니다

내 삶의 여정 속에 지난 27년간 국민건강보험공단에 재직하면서 남겨진 수많은 흔적들 가운데 가장 행복했던 순간은 나눔 사랑을 실천할 때가 아닌가 생각합니다.

1991년 의료보험조합 총무과장으로 재직할 때, 봉사활동 모임 '작은자리'를 만들어 '향진원'과 자매결연, 매월 방문하여 의류·학용품·다과 등을 전달하고, 소외된 어린이들에게 꿈과 희망을 심어주는 활동을 하였고,

1995년 소녀 가장 김삼미 양(중3학년)과 자매결연, '불우이웃돕기 성금모금운동'을 전개하여 모금한 성금 758,260원을 전달 후, 학비 등을 지원하여 고등학교 졸업 후 안정된 사회생활을 할 수 있도록 후원하였으며,

2003년 명심원 및 해성보육원과 자매결연, 물품지원과 노력봉사(4년간)를 하고, 2004년도 봉사활동 모임 '나눔의 수평선' 회원으로 신생전문요양원을 매월 방문하여 봉사활동을 펼쳤고,

2007년 2월 3일 사회복지사 자격을 취득한 후, 노인장기요양보험 인천남구운영센터장으로 재직하면서 전 국민을 대상으로 시행(2008.7.1)된 노인장기요양보험제도의 조기 정착화를 위해 남인천 텔레비전 방송 대담 프로그램에 출연하여 제도홍보를 하고, 전국에서 최초로 요양보호사 체험수기 공모전과 요양시설 & 어린이집 자매결연 사업을 추진하여 경

로효친사상을 함양시켰으며,

2009년 3월 2일 노인장기요양보험의 안정적 도입에 기여
한 공로로 보건복지가족부장관 표창을 수상하였고,

2009년 3월 1일 노인장기요양보험 인천서구운영센터장으
로 재직하면서 '사랑의 편지'와 '마음의 선물 전하기' 행사,
'요양보호사 체험수기 공모전'과 전국 최초로 '건강 100세
장수상 시상식'을 개최하면서 경인방송 '상쾌한 아침'에 출
연하여 제도와 사업을 홍보하였으며,

지역협의회 활성화를 위한 노인요양시설 & 지역협의회 자
매결연 사업과 의료봉사 및 미용봉사활동, 노인요양시설 &
어린이집 자매결연 사업을 통한 경로효친사상을 함양시켰습
니다.

인천서구운영센터 여직원 이성희 주임의 결혼식 주례를
부탁받고 제2의 인생을 새롭게 출발하는 신랑·신부에게 꿈
과 희망을 심어주는 주례사로 뜻깊은 나눔 사랑을 전하였고,

인천시 서구 '포도나무 봉사
단' 회원으로 '다문화 가정 국
토문화 탐방(독도. 120명)' 및
'인천서구 한마음 효(孝) 잔치'
와 '사랑의 김장 담그기' 행사 등에 참여하였으며,

2010년 1월 14일~18일(4박 5일간). 포도나무 봉사단(78명)
과 해외 의료봉사(필리핀 마닐라)에 참가하여 마닐라 시립병원
과 학교 2곳에서 1천500여 명을 진료하고, 마닐라 한인회에
서 한인들을 진료했으며, 8,000여만 원 상당의 의약품을 전
달하였습니다.

2011년 '다솜 자원봉사단'
을 구성하여 국내외 의료봉
사활동 및 자원봉사활동을
하고 있으며, 지역협의회 운
영 활성화를 위한 보건의료
및 미용봉사활동, 자매결연 행사, 수급자 가정 위문 등의 사
업을 추진하여 2011년도 지역협의회 우수 운영센터로 선정,
이사장 표창을 수상하고,

2012년 2월 16일 노인장기요양보험 용인운영센터장으로 재직하면서 특화사업(수급자 본인부담금 지원) 추진, 용인시 치매예방센터 자문위원 활동, 지역협의회 의료 및 미용봉사 활동, 어린이집 자매결연 사업 추진 등을 통한 경로효친사상을 고취시키는 데 앞장서 2012년도 지역협의회 우수운영센터로 선정, 이사장 표창을 수상하였으며,

2013년 1월 1일부터 인천부평지사 보험급여부장으로 재직하면서, 부평구 지역사회복지협의체 위원 활동, 국제 NGO 굿네이버스 후원, 한마음한몸운동본부 회원, 건강보험공단 사회공헌활동기금 후원, 사회복지시설 후원 활동과 국내외 의료봉사 및 봉사활동을 하면서,
국민건강보험공단 인천부평지사 & 다솜 자원봉사단이 함께 추진한 사랑의 연탄배달 봉사활동을 통하여 나눔 사랑을 펼쳤습니다.

비록 내세울 것 없는 작은 흔적이지만, 내 가슴 속에 따뜻함으로 남아 있는 것이 나눔 사랑이기에 앞으로도 나눔 사랑을 실천하는 삶을 살아가는 데 최선을 다하겠으며,
고단한 삶을 살아가는 이웃들에게 꿈과 희망을 심어줄 수

있는 글을 쓰는 데 더욱 노력하겠습니다.

감사합니다.

봄날에
정암 이은욱